4 €

C'est le silence
qui se remarque le plus
les volets roulants
Tous descendus
De l'herbe ancienne
Dans les bacs à fleurs
Sur les balcons
On doit être hors-saison.

La mer quand même
Dans ses rouleaux, continue
Son même thème
Sa chanson grise et têtue
Pour quelques âmes perdues
Sous des capuchons
On doit être hors-saison

On pourrait tout prendre
Les maisons, les jardins, les rues
Aux boîtes aux lettres
On pourrait mettre nos noms dessus
Ou bien peut-être, un jour
des gens reviendront...

D'abord ces quelques fleurs
pour commencer le livre

TOU

RNER

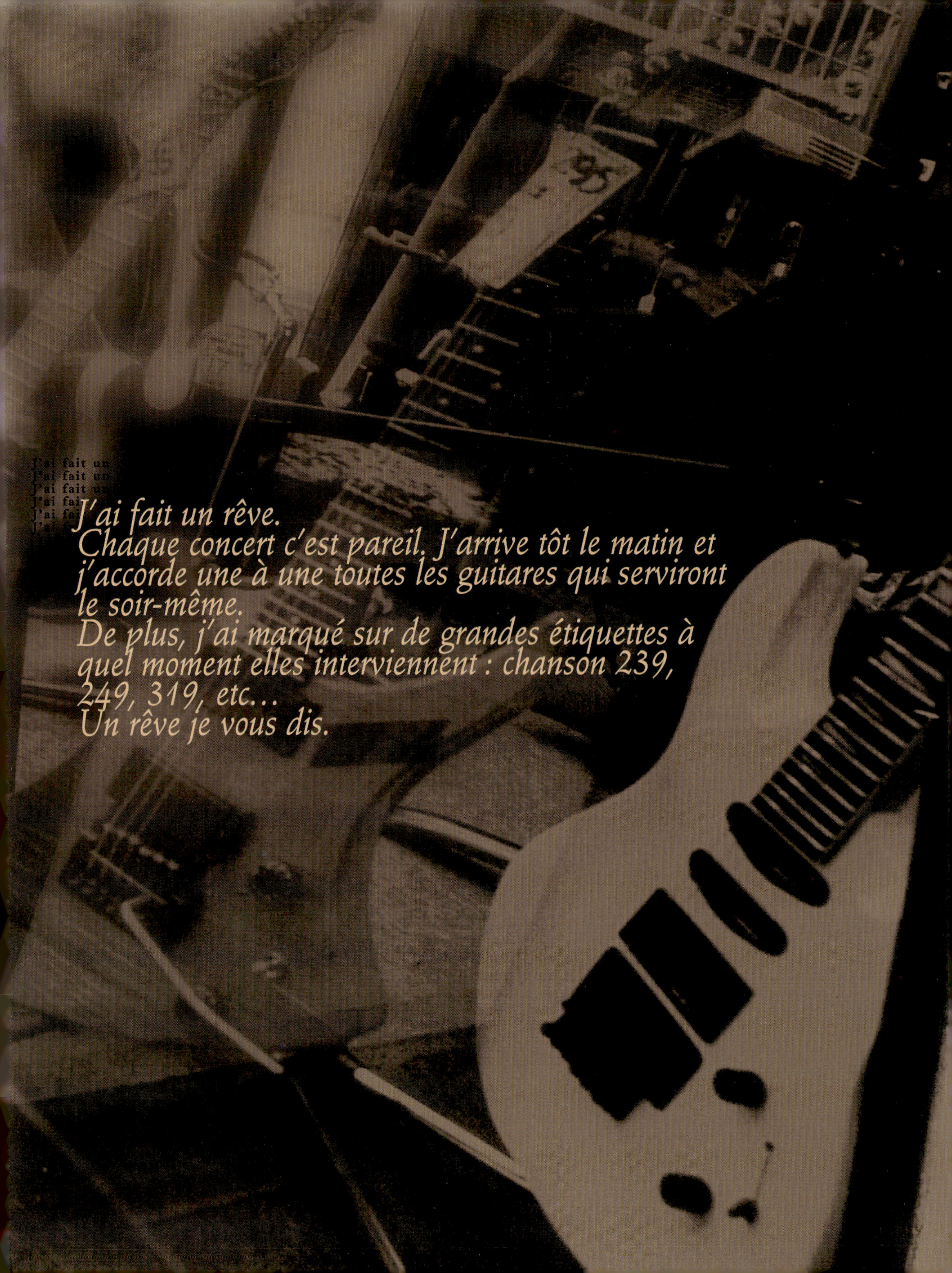

J'ai fait un
J'ai fait un
J'ai fait un
J'ai fai
J'ai fai
J'ai f

J'ai fait un rêve.
Chaque concert c'est pareil. J'arrive tôt le matin et j'accorde une à une toutes les guitares qui serviront le soir-même.
De plus, j'ai marqué sur de grandes étiquettes à quel moment elles interviennent : chanson 239, 249, 319, etc…
Un rêve je vous dis.

$350
steve's
$239
$389
steve's
$249
steve's
319
$389
steve's
$249

CELLE-LA
CELLE-LA
CELLE-LA
CELLE-LA
CELLE-LA
CELLE-LA
CELLE-LA
CELLE-LA

CELLE-LÀ!

SPARE

DANS LA LOGE, IL Y A TOUJOURS UNE GUITARE DE SECOURS, AU CAS OÙ CELLES QUI SONT SUR SCÈNE TOMBERAIENT TOUTES EN PANNE (C'EST JAMAIS ARRIVÉ) C'EST LA «SPARE» DISENT LES TECHNICIENS QUI ONT BEAUCOUP VOYAGÉ -
ET C'EST ELLE QUI PASSE AVEC MOI LES DEUX HEURES QUI PRÉCÈDENT LE SPECTACLE.

deux heures
deux heures
deux heures
deux heures
deux heures
deux heures

Elle m'entend hurler jusqu'à

des notes qui ne serviront

jamais. Il ne manquerait plus

que ça - que je m'écrive des

choses impossibles à chanter -

des choses impossibles à chanter -

EN PLEIN MILIEU

dE PART ET d'autre

De part et d'autre du micro se trouvent deux caissons bleu marine taillés en biseau, deux boîtes pleines de haut-parleurs orientés vers le plafond, deux boîtes à projeter du son vers le haut ; et justement je me trouve là, juste au-dessus,

en plein milieu -
Chaque musicien possède les mêmes, c'est par ce système que nous sommes reliés et c'est souvent par là, dans certaines salles à l'acoustique plus qu'incertaine que nous tentons de communiquer. C'est par ce réseau là aussi, que dans les endroits confortables et musicaux se glisse et se tisse l'âme et la chaleur du groupe reconstitué, chacun au bout de son fil mais tous dans la même toile.

Et c'est du bon équilibre de ce système privé, intime, que nous prenons tellement de temps à régler, que dépend la bonne marche de l'autre, le grand, le lourd, le puissant que tout le monde écoute.

A peine passé par le «buffet», je file voir mes guitares. Tout est vide. La scène, la salle. Il n'y'a qu'elles, debout.
Il devait leur tarder que j'arrive.
Comment sera la soirée ? Soit le son général de la salle est agréable et ce ne sera que du plaisir, soit... Mais aujourd'hui tout se passe bien. Petit à petit la balance de son s'installe. Comme un «bœuf». Lentement d'abord. Puis crescendo,

on se transporte ailleurs sur le dos du blues, de la soul, de l'Amérique latine, de Creedence Clearwater... Ces après-midi là, on aime jouer, tout. Tout simplement.
On demande pas grand chose. Juste un endroit pour s'entendre jouer de la musique. Le reste on s'en occupe.
Le bœuf est lent, mais la terre est patiente. (Citation).

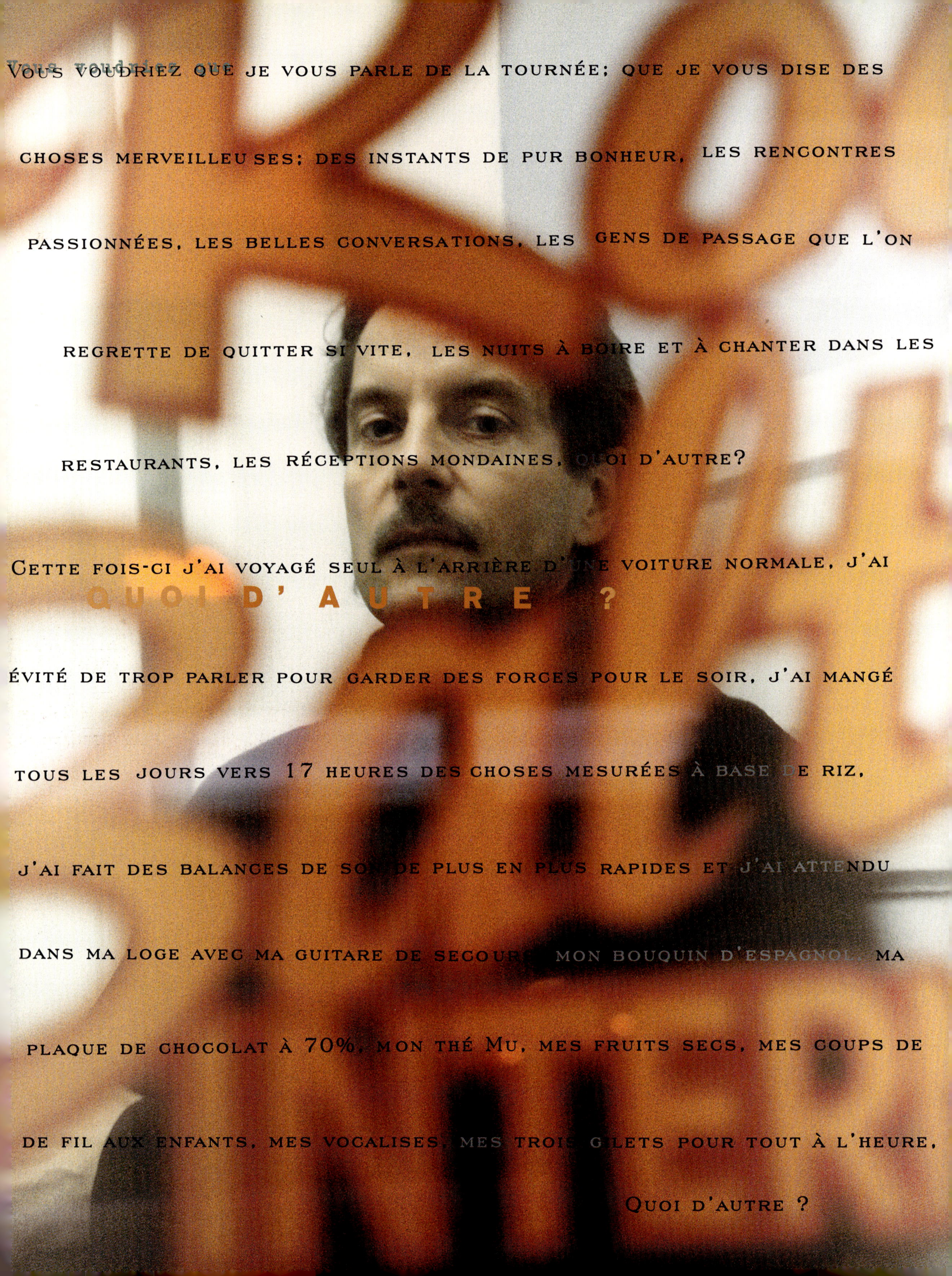

Vous voudriez que je vous parle de la tournée; que je vous dise des choses merveilleuses; des instants de pur bonheur, les rencontres passionnées, les belles conversations, les gens de passage que l'on regrette de quitter si vite, les nuits à boire et à chanter dans les restaurants, les réceptions mondaines, quoi d'autre?

Cette fois-ci j'ai voyagé seul à l'arrière d'une voiture normale, j'ai

QUOI D'AUTRE ?

évité de trop parler pour garder des forces pour le soir, j'ai mangé tous les jours vers 17 heures des choses mesurées à base de riz, j'ai fait des balances de son de plus en plus rapides et j'ai attendu dans ma loge avec ma guitare de secours, mon bouquin d'espagnol, ma plaque de chocolat à 70%, mon thé Mu, mes fruits secs, mes coups de fil aux enfants, mes vocalises, mes trois gilets pour tout à l'heure.

Quoi d'autre ?

Ah oui, et j'ai attendu.

Sans cesse, je teste ma mémoire.

Ici, deux phrases que quelquefois

j'inverse ; là une suite d'accords

dont je veux être sûr.

Petit détour par la loge des musi-

ciens. Discussions.

La mémoire est un long ruban.

Il faut tout vérifier.

La salle est grande comme un lac

et il y a deux heures de traversée.

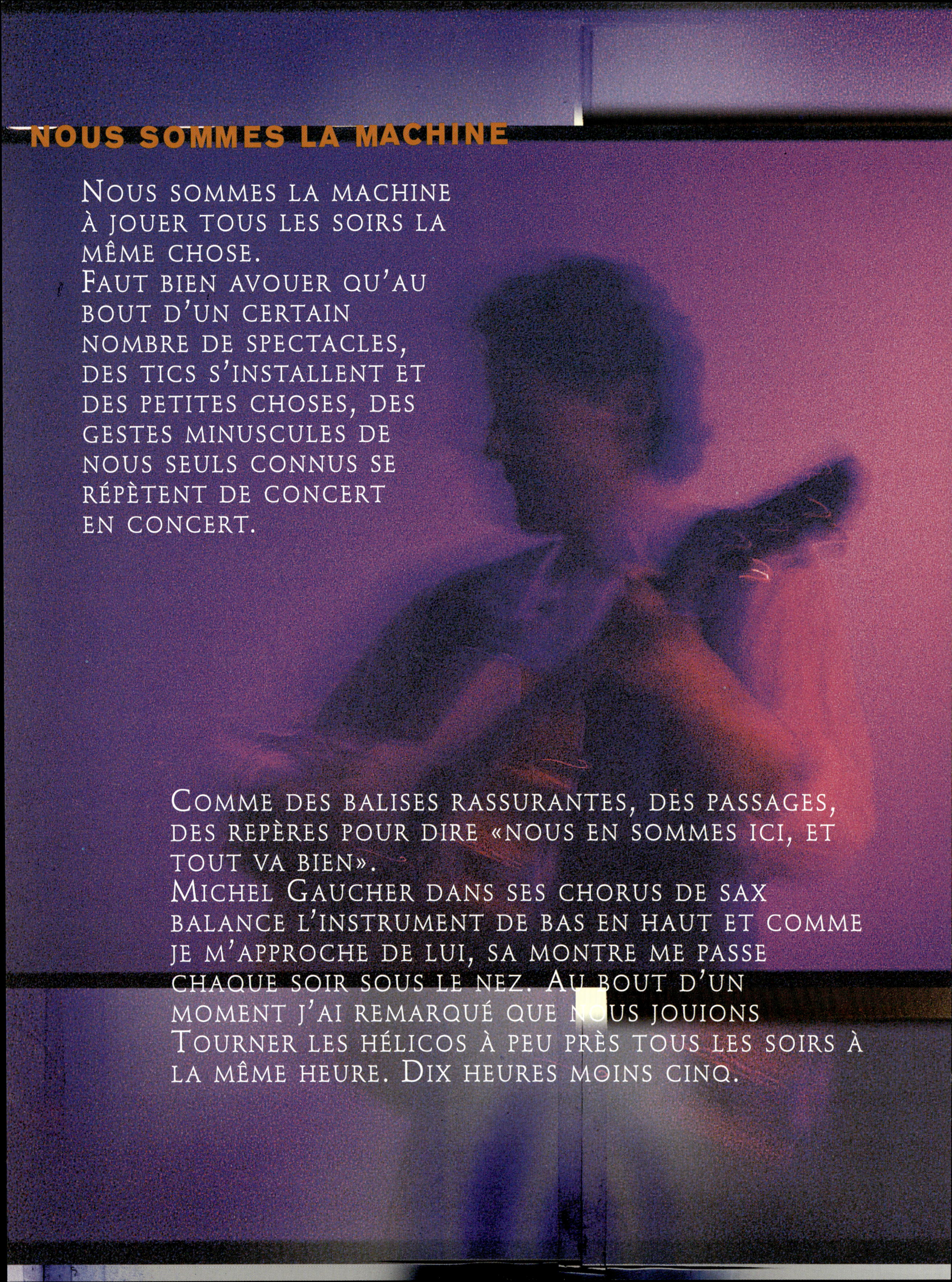

NOUS SOMMES LA MACHINE

Nous sommes la machine à jouer tous les soirs la même chose.
Faut bien avouer qu'au bout d'un certain nombre de spectacles, des tics s'installent et des petites choses, des gestes minuscules de nous seuls connus se répètent de concert en concert.

Comme des balises rassurantes, des passages, des repères pour dire «nous en sommes ici, et tout va bien».
Michel Gaucher dans ses chorus de sax balance l'instrument de bas en haut et comme je m'approche de lui, sa montre me passe chaque soir sous le nez. Au bout d'un moment j'ai remarqué que nous jouions Tourner les hélicos à peu près tous les soirs à la même heure. Dix heures moins cinq.

De même, il y a la courbette pour accueillir Carole - (Les murs de poussière). Ensuite Bernard se lèvera de son tabouret de contrebassiste pour appuyer les trois syncopes au milieu du solo de flûte - (Faudra que je sois pas loin)-

IOUS SOMME

S LA MACHINE

Plus tard, l'œillade complice à Denys Lable à la fin de Petite Marie - Avec un oh ! de surprise au dernier accord -
A l'entrée de la Corrida, pas mal de contre-jours me permettent d'agacer un peu Denis Benarrosh qui descend un instant de son magasin de percussions - Bavardages et petits jeux pendant que Bernard et Gérard se poursuivent sur une intro supposée installer le drame -

NOUS SOMMES LA MACHINE

A l'entrée de la Corrida, pas mal de contrejours

nOUS SOMMES

A LA FIN DU MÊME TITRE, ON A UN PETIT NUMÉRO VAGUEMENT FLAMENCO. CAROLE S'APPROCHE DE MOI EN DANSANT ET NOUS SALUONS DANS LA PÉNOMBRE. SI ELLE NE VIENT PAS DÎNER AVEC NOUS, ELLE EN PROFITE POUR ME DIRE «À DEMAIN»- ROGER FAIT TOUJOURS UN SIGNE DE TÊTE PLEIN DE CÉRÉMONIE AVANT L'ENCRE DE TES YEUX - COMME POUR DIRE «JE SUIS PRÊT»

Jean-Louis fera l'étonné quand je l'annoncerai natif de la

VILLE VOISINE (PAS MAL DE CRIS DANS L'ASSISTANCE)

Tel qu'ils sont dessinés
là on a du mal à
reconnaître
Denys Lable
Roger Secco
Gerard Bivialo
J. Louis Roques
Denis Benazosh
Michel Gaucher
Carole Rawley.
Bernard Paganotti.

ET MOI, J'AURAI TOUJOURS MAL À

LA GORGE AU DEUXIÈME RAPPEL.

ET QU'EST-CE QU'ON DEVIENT,

qu'est-ce qu'on
devient,

QUAND TOUT ÇA S'ARRÊTE ?

Libre surtout

de faire des œillades, des
signes, des courbettes, des
appels au moment où l'on veut.
C'est comme si l'on avait froissé
la partition.
Repris la route…
Au fait, dis-moi, la prochaine
salle, elle est comment ?
Et la partition ?
Pas trop froissée j'espère.

C'EST MARRANT, QUAND ON SORT DE SCÈNE, IL Y A DES PETITS CHEMINS TRACÉS PAR TERRE AVEC DE L'ADHÉSIF FLUO.

TOUT CELA POUR ARRIVER JUSQU'À L'ESCALIER DONT LES DEUX RAMPES SONT ILLUMINÉES DE GUIRLANDES.

ÇA S'EXPLIQUE.

Y'A DES CAISSES PARTOUT, DES FILS DANS TOUS LES SENS. DES POUTRES MÉTALLIQUES, DES VÉRINS, DES CÂBLES, DES CONSOLES, DES BLOCS D'AMPLI, ENCORE DES CAISSES DES STANDS DE GUITARES VIDES, D'AUTRES AVEC DES GUITARES DESSUS, DES POMPIERS DE SERVICE, UN RÉGISSEUR, DES PROJECTEURS, UN PRODUCTEUR, QUELQUES AMIS..., FAUT ÉVITER TOUT CE MONDE POUR ACCÉDER À LA LOGE, LÀ-BAS, LOIN.

SUR LA PORTE, IL Y A MARQUÉ IRONIQUEMENT «L'ARTISTE».

ON FERME DERRIÈRE.

UN TOUR DE CLEF.

SILENCE.

L'ARTiSTE

PLUS

LOIN

CORRESPONDANCES

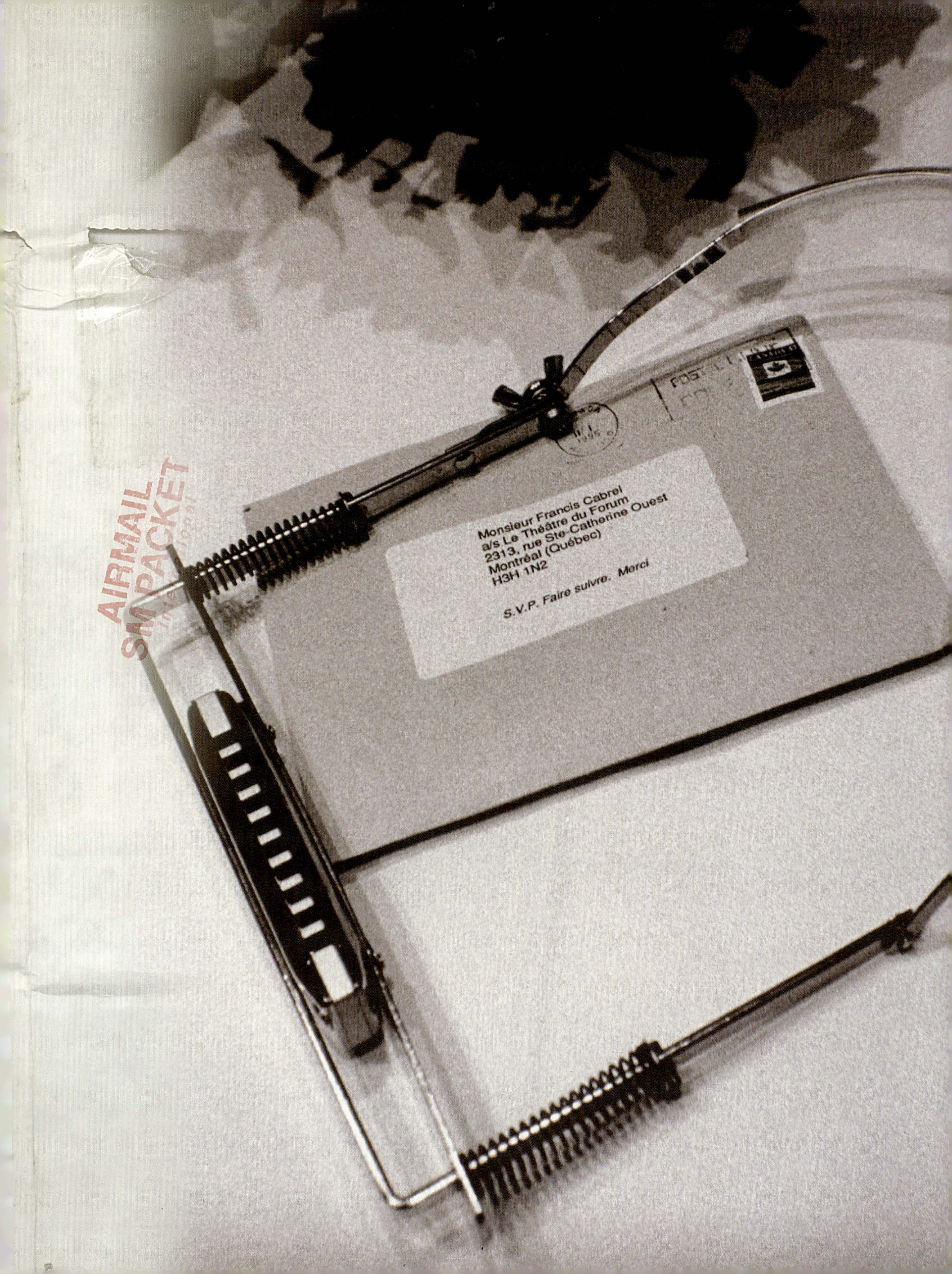

AIRMAIL
SM PACKET
Monsieur Francis Cabrel
a/s Le Théâtre du Forum
2313, rue Ste-Catherine Ouest
Montréal (Québec)
H3H 1N2
S.V.P. Faire suivre. Merci

Chère M.

Les jours allongent
Les vents commencent à tiédir
Ces bois où nous aimons courir
Ces bains où nos filles plongent…

CHAMBRES
AU MOIS
A LA JOURNÉE
HÔTEL
CONFORT
MODERNE

FREE
BURGER KING
BURGER KING

ELECT
Carolyn
#78
NO COVER!
ALL STARS

Depuis le temps
Depuis le temps que je patiente,
dans cette chambre noi

Tout l'espace se fane
Et je danse à l'envers
SI SI HOMBRE BAILA BAILA hay que bailar de nuevo
Comme les enfants tziganes
Sur des débris de verre
Quand tu pars

La lumière est forte
Sur l'Amérique du Nord
Presque midi déjà.
L'Europe s'endort.
Et toi ?

J'aimerais que

Des rues comme des
coups de flèches
dans le décor

Des escaliers dedans
Des escaliers dehors
Presque midi déjà.

J'aimerais que QUELQU'UN VIENNE

QUELQU'UN VIENNE ET ME DÉLIVRE

UN JOUR, J'IRAI ÉCRIRE

BABE, I WANT YOU SO BAD

AU DESSUS DES IMAGES

PEINTES SUR LES FAÇADES

CHANSON À TERMINER N° 309

Prendre du poids

Perdre la foi

Manger debout

Courir partout

Un portable sur chaque oreille

Jusqu'à en perdre le sommeil

Nos corps Nos corps vont commencer à blanchir

Pourtant

N'AYONS PAS DE REGRETS

Pour nous

Qui voulions tout RÉUSSIR

AUTANT

FAIRE COM**me si c'était vrai**

L'amour

S'est envolé quand MÊME

Moins haut

QUE CE QUE L'ON ES**pérait**

NOS CORPS

Ont commencé à blanchir

N'AYONS PAS DE REGRETS

Cher Ange,
Tu vas marcher ~ Tu vas courir ~ Comme il me tarde
Pour le moment ~ Laisse-moi juste faire partie
Des choses que tu regardes

S'il te plaît Fatime
N'oublie pas d'enlever
cette photo. Je ne vois
pas ce que je fous là
à regarder par terre...

IL FAUT QUE PIERRE MARIE AULE D ANT UNE OULE DE JEAN
ET SOUS DES BOULES DE GUY

Elle demande :

Est-ce que j'ai l'air en

forme ?

Je réponds :

Comme je l'envie ta mine !

QU'ANNE LISE DES PARABOLES

AU BAR À PAUL, OÙ RÉUNIS TOUS LEURS AMIS SE DÉSALTÈRENT

À L'EAU CLAIRE QUE NOÉ MIT

S'IL EXISTAIT, LE DOUBLE, LE JUMEAU, LE FRÈRE, L'IDENTIQUE, JE ME CONTENTERAIS D'ÉCRIRE DES CHANSONS. LUI, PARLERAIT À TOUT LE MONDE, PARTIRAIT EN TOURNÉE, PRENDRAIT LES AVIONS, DORMIRAIT DANS LES HÔTELS ; ET MOI JE RESTERAIS À LA MAISON. A ÉCRIRE DES CHANSONS.

QUOI D'AUTRE ?

Le buveur est heureux

sa maison est

RÉCENTE

elle a de beaux

volets

NOUVEAUX

sa copine est dans l'aviation

à peine là qu'elle redécolle

Il n'a qu'une solution

La prendre au vol...

Teddy cherche du boulot

Il croise le lanceur de marteau

Il rêve de lui piquer sa sœur

CHANSON À TERMINER N° 603

Et finir marteau-piqueur

Youki Taïaut-Médor, chauffeur de maître, essayait de faire un créneau. Un créneau d'Agen - c'est sa spécialité - mais pourtant là, il a eu du mal. Alors j'ai ouvert la vitre

et à ce moment-là un photographe est passé.

Aussi sûr que Diego
Est hors d'atteinte
L'avant-centre est hors-jeu !

(Le football hors-sujet
Ma chanson hors-saison
Et puisqu'on en parle,
Brassens, Férré et Brel
Hors concours.)

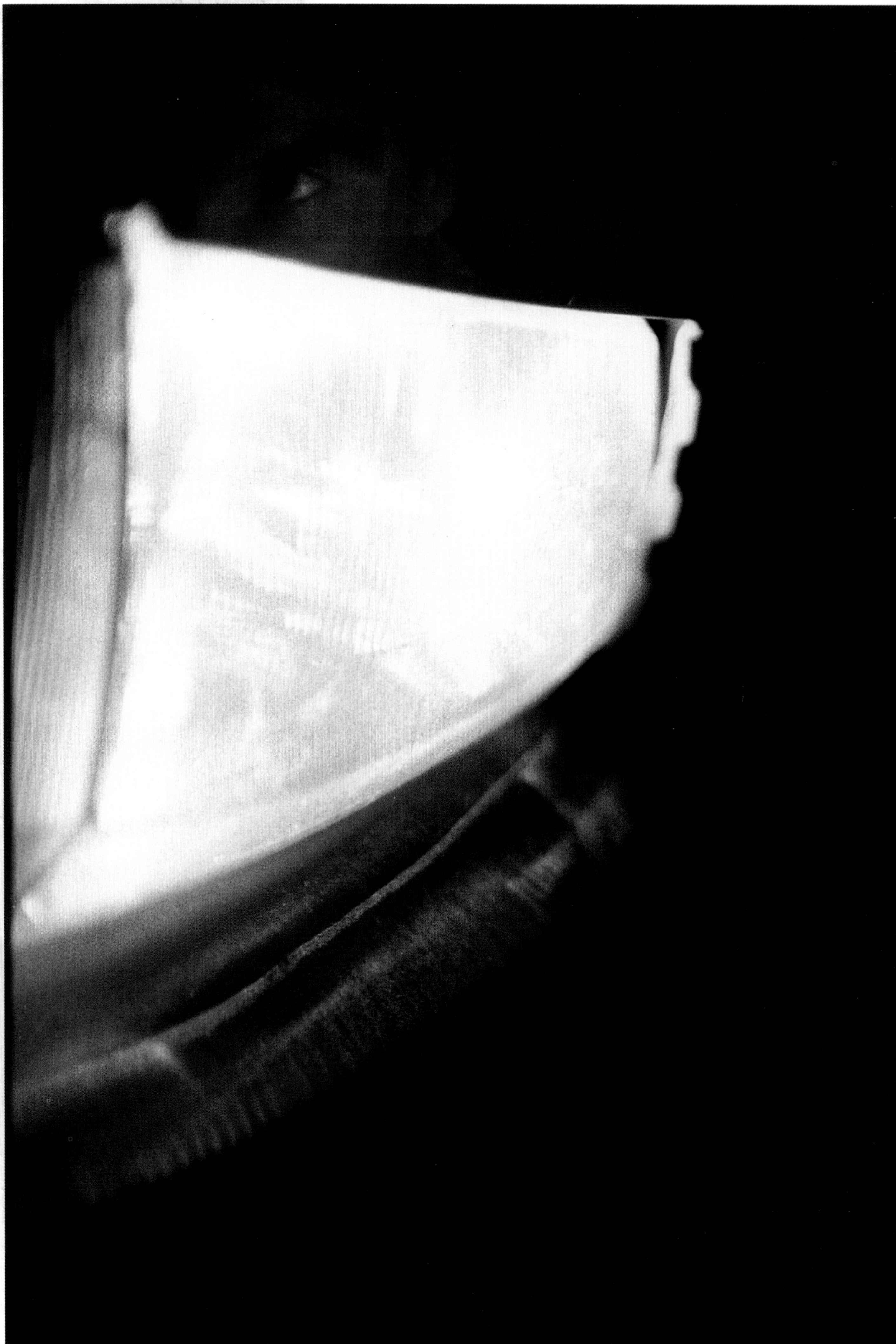

R E T

RET

SOUVENIRS

OUR

J'entends bouger les arbres

Tellement je respire fort

(Quand tu pars)

aPProcher un cheval

Approcher un cheval sans qu'il se sauve -
Qu'il vienne respirer ta main pour quelques
brins d'avoine -
Et puis même avec rien dans la main ; imagine,
le cheval vient quand même.
Alors là c'est un rêve.

J'ai longtemps observé ma grand-mère Maria, quand elle donnait le grain aux poules, tous les jours à la même heure, quelque part dans une cour du Gers. Les mêmes cris pour appeler, la même pagaille de poussière autour d'elle. J'étais pas grand ; les bestioles remuaient tellement, ça faisait un petit vent tiède qui me venait dessus. Un vent de plumes.

Le grain tombait par paquets ici ou là et la bagarre se déplaçait avec. Ma grand-mère Maria a été la nourrice de ses quatre enfants et de quelques milliers de poules ponctuelles et affamées - toujours.

Quand on n'a plus rien sur la peau
Quand on regarde le ciel
Entre les pailles d'un chapeau
Parle-moi du soleil

Regarder flotter les drapeaux
Des bateaux qui appareillent
Dans les nuages d'oiseaux

Vitres ouvertes, auto-radio
des chansons toutes pareilles
Il me tarde de voir les photos

CHANSON
À TERMINER
N° 375

QUELQUES PHOTOS

Vous cherchez quoi ?
Vous cherchez quoi ?
Vous cherchez quoi ?
Vous cherchez quoi ?
Vous cherchez quoi ?
Vous cherchez quoi ?

Et l'impatience après avoir déposé les rouleaux jaunes sur le comptoir du commerçant-photos en une heure - mais une heure à faire quoi ¿

Un magasin ou deux ; la visite au disquaire des fois que... ça fait un quart d'heure.

Rencontrer quelqu'un, bavarder cinq minutes...

Ah! le libraire c'est fou ce qu'on peut y perdre comme temps. Mais il s'empresse, il questionne, lui aussi il cherche à s'occuper...

Vous cherchez quoi ¿...

Dehors et presque encore une demie heure à...

Un coup d'oeil sur la voiture mal garée ça fait jamais que quelques instants.

Le magasin de sport. Entre les chaussures pour la course et celles pour le rap.

Bon c'est l'heure.

C'est bien les vôtres ?

O.K.

Je commence à regarder pendant qu'il fait fait la note ; j'en sors trois ou quatre...

Pas mal.

Il y a plein de feux rouges sur le chemin du retour, et des bien longs comme en province.

Vingt kilomètres plus tard j'ai tout vu c'est nul, c'est mal cadré, c'est rien d'original.

Quand je pense qu'avec le matériel que j'ai...Ah! c'est pas du Gassian c'est sûr.

c h a u s s u r e   d e   r a p

c h a u s s u r e   d e   c o u r s e

Un après-midi mon père avait besoin d'un coup de main. Moi, gentil, ou peut-être que j'étais obligé, je dis oui, d'accord.
C'est quoi pa ?
C'est scier du bois.
Quoi! Cette galère! J'ai les doigts fragiles maintenant. ARTISTE. C'est marqué - T'as bien lu. Faut pas que je casse mes ongles à rentrer des bûches !...
Ok j'arrive.
Y en avait plein la rue. Le paysan avait dû relever sa benne et tout avait glissé là, d'un trottoir à l'autre. Un tas énorme et tout enchevêtré. Je sortais (à grand peine) les bûches du gigantesque tas et mon père les posait sur la scie qui tournait, tournait, s'enfonçait dans le bois avec un grincement d'enfer. Je me souviens d'avoir pensé: à la première chanson qui marche on installe le chauffage central. Tout au mazout.
J'avais dans les vingt-trois ans, et à bien y réfléchir je peux considérer que je suis un gars «cuit au bois». Un qui a grandi dans la chaleur des frênes, chênes et autres acacias, découpés en rondelles et passés dans tous les poêles de la maison. D'ailleurs, aujourd'hui je rêve de nouveau à cette tiédeur. Tiens, cette fois-ci je vais aller le couper moi-même le bois, à la hache, le débiter en branches plus courtes, l'amener devant la maison et là, je le scierai...
Il me faudra quelqu'un pour me le faire passer. C'est mes gosses qui vont être contents.

Un après-midi de décembre 1976, j'ai signé mon premier contrat avec une maison de disques. Ça s'est passé à Toulouse chez mon ami Richard Seff, qui s'était bien démené pour en arriver là.

Sur le moment, cette signature tant attendue n'a rien eu de tellement solennel; une photo peut-être que Richard a dû garder.

Je suis rentré chez moi le lendemain.

J'ai posé le contrat sur la table.

Il éclairait toute la pièce.

J'étais parti la veille, bon à rien, feignant, fauché, étourdi de première et je revenais artiste, chanteur de variété, obligé de faire des disques. Pendant cinq ans, c'était marqué en toutes lettres.

Tout en bas, il y avait ma signature avec à côté, celle d'un monsieur de Paris.

C'est ça qui a impressionné tout le monde.

La détonation

UNE COUTUME LOCALE

Mon père était chasseur. Une coutume locale.
Tout le monde avait un fusil à la maison ; au dessus de la cheminée pour ceux de la campagne et quelque part au grenier pour les autres. Ça lui prenait des fois de tirer en plein village, un après-midi tranquille, au milieu du jardin, à deux doigts des commerces.
C'était sur les oiseaux. Une manie qui remontait assez loin dans la famille. Il disposait un bon paquet de grains à l'endroit où les allées se croisent et il montait se planquer à l'étage, dans une pièce qu'on n'ouvrait jamais, un débarras dont la fenêtre donnait en plein milieu du potager. Et là il attendait. Et nous pour ne pas qu'on dérange, qu'on se mette justement à vouloir jouer dehors, de peur peut-être de nous tirer dessus, on filait au lit. La sieste. C'était la mauvaise saison sans doute, les oiseaux avaient faim et nous pas du tout envie de dormir. On restait là, trois enfants à regarder le plafond et soudain la détonation. Enorme. Un fracas du diable. Le coup était parti de la pièce à côté. Ma mère entrait pour rassurer tout le monde. «Mais non c'est rien. Un chat, encore, qui devait tourner trop près du poulailler… On pleurait un peu… «Il était obligé, papa».
Il reste qu'à l'époque on chassait sans plus de scrupules quelques oiseaux en plein village et pas à la carabine à plomb; à la cartouche de douze qui fait déjà un bruit terrible en rase campagne. Alors là c'est des maisons tout autour, des murs très hauts au dessus du jardin. Ça résonnait comme dans une cathédrale - des pigeons qui s'enfuient ; des chiens qui hurlent en tirant sur les chaînes des gosses qui pleurnichent et dans le vacarme retombant mon père qui descend ramasser les piafs. Encore que ça, on ne l'a jamais vu.
On ne sortait qu'après, quand c'était nettoyé.

Absolument tous les soirs, mes parents jouaient à la belote. Ils invitaient une voisine qui faisait équipe avec Zaïra (mon autre grand-mère). Quand je dis «invitait», ce devait être au début sans doute. Depuis longtemps la dame en question arrivait à moitié repas prenait une chaise et en parlant le plus fort qu'elle pouvait, se mêlait à la conversation. Nous n'avions pas la télé, il devait y avoir à peine deux ou trois postes dans le village ; alors l'occupation c'était les cartes. A peine la table débarrassée, les enfants montaient se coucher et ça commençait de suite. Je le sais bien, je dormais pas. J'attendais en haut des escaliers. J'avais peur. Peur qu'ils partent, qu'ils m'abandonnent sans doute. En bas, au bout du long couloir c'était des rires, des éclats de voix. Des longs moments de silence aussi quand il ne se passait rien d'anormal et soudain ça hurlait parce que là il fallait prendre et que l'autre n'avait pas osé. C'était Zaïra ma grand-mère qui était la patronne aux cartes comme dans la vie de tous les jours, comme dans la maison et comme dans le quartier. Et ça durait des heures et l'escalier était glacé mais je tenais jusqu'au bout. Après on rangeait le jeu, les chaises, tout s'animait autrement et je me jetais enfin dans les draps glacés. Ma mère venait voir. J'entendais «ça va, il dort». Tu parles !

Le 17 avril 1996

Une fête d'école

J'ai eu une belle soirée.
Plusieurs chorales d'enfants pour une fête d'école sont venues sur scène ; bien ordonnées, les plus grands derrière, tous habillés dans un même maillot blanc. Des anges.

Et la mienne au milieu, l'aînée; (l'autre courrait dans les allées).
Nous, les parents en bas, admiratifs - c'est vrai, c'est beau un choeur d'enfants.
C'est ça nos lendemains qui chantent.
Les bras le long du corps et tous leurs yeux fixés sur la main qui bat la mesure.
Pourtant ils en connaissent des gros mots, se battent, se fâchent, se chamaillent
mais là, des anges !
Un beau bloc blanc respirant aux mêmes endroits, récitant ces longues chansons de leur mémoire toute neuve. Et cette impatience, cette application, cette étincelle dans les yeux, cette fraîcheur, cette jeunesse, cette beauté, ce sourire au dernier accord, c'est tout ça que j'avais ¿

De plus en plus

Le monde m'assomme.

Ça vient peut-être de mes siestes

En automne

En dessous du pommier.

MAMAN A LAISSÉ LA PORTE OUVERTE
LE VENT TOUT DOUCEMENT EST ENTRÉ
IL A JOUÉ AUX RIDEAUX DE LA FENÊTRE
AU GRAND VASE DES FLEURS MÉLANGÉES

L'HORLOGE, VIEUX TÉMOIN DE CE BIEN-ÊTRE
S'ENDORT, EN HAUT DE SON GRAND BALANCIER
MAMAN A LAISSÉ LA PORTE OUVERTE...

Si je me suis toujours souvenu de ce petit poème, je ne peux précisément le dater. (Entre 70 et 74). Désormais, pour éviter cet inconvénient, je commence toujours une page en griffonnant la date.

Un unique nuage
bien épais et bien gris
Et qui ne laisse rien passer
comme lumière

Il fait les rivières marron
Les arbres presque noirs

S'il reste là longtemps
On aura pas d'étoiles

Et sans compter
qu'à tout moment
Il peut en tomber
quelque chose
Qui fait les animaux luisants...

Ce qu'il me reste surtout de mon enfance, c'est un mur blanc immense, inondé de soleil.

Et des étés longs à ne
savoir qu'en faire.
Des nids de pies où l'on
pensait trouver des pièces
pour jouer au flipper.
Des bourriches pleines de
poissons et un mur blanc,
immense, inondé de soleil.
Un mur ancien, solide, au
crépis gondolé par les
fortes lumières.
Je suis passé devant des
centaines de fois pour des-
cendre à la gare, aller aux
commissions, à l'école, à
l'église, à la chasse avec
ma fronde, au terrain de
basket, au café, au stade
avec mon père.
C'est ça.
Un mur, solide et toujours là.
Comme un père.

Photographies
CLAUDE GASSIAN

Textes
FRANCIS CABREL

Peintures
MURIEL FERSTENBERG

Conception Graphique
Montages numériques
MAXIME RUIZ

IMPRIMÉ EN FRANCE PAR PPO

Conseil en édition
JEAN-MICHEL MARQUEBIELLE / ELIKIA

ISBN : 2-911962-05-2